顯微鏡下

在顯微鏡下
以為
什麼都會看得很清楚

看正常的是很清楚
看不正常的卻是不清楚

壞的細胞什麼時候
出現的
我看不清楚
壞的細胞什麼時候
推擠壓迫好的細胞
我看不清楚

壞的細胞偽裝好的細胞
幾十年
什麼時候變身黑戰士
衝撞　掠奪　崩壞
我看不清楚

在顯微鏡下
以為
什麼都會看得很清楚

二〇二一年四月（《笠詩刊》三四二期）

賴欣詩集

代序　詩與病理

賴欣

我在一九五八年開始接觸詩，一九六二年進入醫學院，一九七〇年開始學病理。從接觸詩，到現在沒有和詩中斷過，開始學病理到現在，還是從事著病理工作。

在大學時代，我花了很多時間去瞭解詩，讀有關詩的理論，也賞詩，也寫詩，也看了很多哲學的書。大學畢業後，我花很長的時間在病理學的訓練，進入台大病理研究所，又去日本念博士，又去美國進修。

詩是比醫學更早和我結緣，我常慶幸我有這樣的機運。在這世上最美好的兩個東西都出現在我身上。在生活上，我可以享受工作上的樂趣，也可以享受心靈上的滿足。

詩在文學界是較冷門的，病理在醫學界是較冷門的。冷門的意思是在各自的領域都是報酬率較低的，較少人願投入的。

詩和病理看起來似乎有很大的差異性。詩是可以任由作者的思想與表現的技巧，把語言使用成各種不同結果的表達，整個過程可以不需要提出證據。而病理是最講求證據的，任何一種疾病，一定要看到很明確的病變，才可以下最後的診斷，沒有看到的，絕對不會講。

然而詩與病理也有很多相似之處。列舉九點：

一、詩與病理都要看很多書。

二、都要累積很多的人生經驗。

三、兩者報酬率都很低。

四、兩者投入的人都很少。

五、都需要冷靜觀察、思考及判斷。

六、都要有豐富的想像力。

七、都需要最精簡及最正確的語言。

八、都需要誠實及正義，都鄙視虛偽及邪惡。

九、兩者在生命中最強烈的追求目標都是真理。

經過長久的時間，越來越覺得詩與病理的相似性比相異性多太多了。

在人生的路上，能夠同時真正認識並擁有這兩樣東西，還有什麼比這更幸福呢？

二〇〇二年十二月（《笠詩刊》二三二期）

目錄

輯四　醫生誓言系列

輯五　斯人已遠

輯六　詩與譯詩

台灣人的臉。

乾淨・不乾淨

（從外看）
貓是乾淨的
豬是不乾淨的

（從外看）
超市是乾淨的
傳統市場是不乾淨的

（從內看）
化工廠各廠房設備很新
是乾淨的
百貨公司各樓層格局裝潢新穎
是乾淨的

（從外看）

化工廠排放大量廢水
是不乾淨的
百貨公司各樓層光鮮亮麗
是乾淨的

清潔工清掃垃圾污泥
全身髒兮兮
是不乾淨的
長官坐在辦公室批公文
全身西裝筆挺
是乾淨的

（從外看）

（從內看）

清潔工清完垃圾污泥

脫下衣服
是乾淨的
長官在辦公室辦完公
脫下衣服
是髒兮兮的

二〇一三年六月，（《台灣現代詩》三十四期）

藏匿的力量

在陽光照射到的地方
你看不見我
在陽光照射不到的地方
你看不見我

其實
我一直都站在這裡
聽著　看著

這些年來
我一直聽著
很多很多不實在的話

這些年來
我一直看著
很多很多不正確的作為

最近
我一直聽著看著
一連串一連串的
已經不是黑白不分的問題

眼看著

白的
幾乎不在了

黑的
實在太黑了

所以
我走出來
從陽光照射到的地方
從陽光照射不到的地方

很多很多的我
走出來
穿白色的衣服
站滿凱達格蘭大道

不是站滿
是溢出
再溢出

再溢出
再溢出

啊　好美的銀色十字勳章

請記下來　這一夜

藏匿的力量！

二〇一三年十月（《笠詩刊》二九七期）

正義與邪惡

正義與邪惡住的地方
一邊一國

正義住在遠方
正義也住在隔壁

邪惡住在遠方
邪惡也住在隔壁

正義住在隔壁
邪惡只能住在遠方

正義出外遠行了

邪惡就住到隔壁來
現在的社會
邪惡也不必住遠方
也不必住隔壁
邪惡就藏在正義裡

二〇一四年九月（《台灣現代詩》三十九期）

重劃

重劃
是為了正義

把大的劃成小的
把小的劃成大的
是為了正義

把彎的劃成直的
把直的劃成彎的
是為了正義

把有劃成無
把無劃成有

是為了正義

重劃
都是為了正義

這裡面難免
有大失的
有大得的

這都是為了正義

只是　人的心
是不是也要來一下

重劃

二〇一四年九月（《台灣現代詩》三十九期）

蟑螂的對話

蟑螂甲：
「我脫皮二次了
他們以為這次的我就是我」

蟑螂乙：
「我脫皮三次了
他們也以為這次的我就是我」

蟑螂甲：
「我脫皮五次了
他們以為這次的我就是我」

蟑螂乙：
「我脫皮六次了
他們也以為這次的我就是我」

蟑螂甲：
「社會上有一個人
竟然學我們脫皮」

蟑螂乙：
「聽說脫皮脫了N次」

蟑螂甲：
「怪就怪在社會大眾
每次都會相信」

蟑螂乙：
「相信這是最後一次脫皮」

二〇一四年十月（《笠詩刊》三〇三期）

台灣人的臉

白人的臉
我分不清楚
是英國人的美國人的？
法國人的義大利人的？

黑人的臉
我分不清楚
是南非人的肯亞人的？
是剛果人的象牙海岸人的？

台灣人的臉
我可以分得很清楚

是中國人的！
是台灣人的！

二〇一四年
三月三十日
五十萬人的臉
我可以分得很清楚
是年青的臉

啊　台灣人的臉

二〇一四年十二月（《笠詩刊》三〇四期）

傘

一枝傘

傘的裡面
是涼爽的
傘的外面
是炙熱的

一枝傘

傘的裡面
是溫暖的
傘的外面
是冰冷的

成千上萬的傘
不是只在隔開大太陽
不是只在隔開大雨滴

成千上萬的傘
不是只在隔開催淚瓦斯
不是只在隔開胡椒水

成千上萬的傘
是在隔開
此岸和彼岸

二〇一四年十二月（《台灣現代詩》四十期）

黑白不是很清楚嗎

站在亮的地方
看暗的地方
黑白不是很清楚嗎

站在暗的地方
看亮的地方
黑白不是很清楚嗎

站在正的地方
看反的地方
黑白不是很清楚嗎

站在反的地方
看正的地方
黑白不是很清楚嗎

然而為什麼
每次關鍵時刻
總是站錯邊

二〇一四年十二月（《笠詩刊》三〇四期）

我們是沙　他們是花

沙在海邊
沙在山坡
沙在田邊
沙在石子路旁

沙　任風吹雨淋
沙　任人踩來踩去
沙　任人踢來踢去

沙只是流失
沙只是陷下
沙只是飛起

然而沙
不會死

花在公園
花在後院
花在室內
花在瓶中

花有晨露沾潤
花有微風吹拂
花有暖陽眷顧

花　展現美麗
花　吐納芳香
花　沉醉幸福

然而花
會凋零
我們是沙　他們是花

二〇一五年四月（《笠詩刊》三〇六期）

動與靜

動的時候
看起來很有力

靜的時候
看起來很無力

有一種動看起來
很無力的

有一種靜看起來
很有力的

被壓到極點的時候
我的動　是很無力的
被壓到極點的時候
我的靜　是很有力的

二〇一五年十二月（《笠詩刊》三一〇期）

噓聲與掌聲

有些人
給他掌聲
會很高興

有些人
給他噓聲
會很不高興

有些人
給他掌聲
會很不好意思

有些人
給他噓聲
也會很不好意思

有一個人
給他掌聲
不會不好意思

有一個人
給他噓聲
也不會不好意思

有一個人
給他噓聲
越噓他越起勁

有一個人
越噓他
越不想下台

二〇一六年八月（《笠詩刊》三一四期）

黨產

這個黨
世界第一大富黨

聽說幾十年前
從娘家逃難出來
帶了一些盤纏
一家大小
一瞬間花光光

於是就地取材
有矇混取得的
有偷天換日取得的

有強取豪奪取得的
家裡的財產越來越多
多到放不下
只好放到
城市鬧區
山林海邊
全球各地

幾十年家裡
換了好幾個主人
沒有一個人知道
家裡究竟有多少錢

現在
左鄰右舍都說

這是不當財產
應該歸還主人

這個黨
有一個人站了出來
說是現在的當家主人
大吼大叫
說
之前好幾個主人
已經都把家產歸零了
左鄰右舍
很驚訝的看著這個人
然後
大家漸漸明白

這個人確實是在把這個黨
歸零

二〇一六年十二月（《台灣現代詩》四十八期）

蟲族

蟲的前身是人

人　善於創造
創造財富
創造機會
創造未來

蟲　不是不善於創造
成為蟲
只會啃食
啃食財富
啃食機會
啃食未來

蟲　很少只有一隻
蟲　通常形成一族

蟲族
把自己村的稻田　啃光

蟲族
啃光　隔壁村的稻田

蟲族接著
啃食下一代的稻田

蟲族接著
啃食下下一代的稻田

蟲族

大啖飽食之餘
只是喃喃
我們　並不反對
我們　反對污名

二〇一七年六月（《笠詩刊》三一九期）

新西裝

結婚時訂做了一套西裝
只穿幾天

隨著生活顛簸
一直沒有好好再穿一次西裝

有一天
拿出西裝來穿
總覺得
這樣穿也不對
那樣穿也不對

總之　就是不舒服

於是
拿出西裝改一改
再穿　還是不舒服
於是
再拿出西裝改一改
再穿　還是不舒服
這樣經過了幾十年
有人建議
拿出西裝大修一次好了
有人同意
有人反對
爭論中

聽到一個聲音：

這套西裝是結婚時穿的
都幾十年了
怎麼可能還合身呢
「做一套新西裝吧」

二〇一七年八月（《笠詩刊》三二〇期）

有一種病

有一個人
健康檢查說有病
社會人看也覺得有病
自己一直認為沒病
不久　死了

有一個人
健康檢查說沒病
社會人看也覺得沒病
自己一直認為有病
很久很久　也沒死

有一個人
健康檢查說沒病
社會人看也覺得沒病
自己也不認為有病
只是
如果碰到了某一個點
有一個人
就會暴衝竄紅燈

醫生說
這是病

二〇一七年十月（《笠詩刊》三二一期）

關到死

我是一隻鳥
我喜歡自由的飛

他們說
鳥不適合講這樣的話
所以就把我關進鳥籠了

鳥籠是鋼鐵的
鳥籠是密閉的
讓世界不知道發生什麼事

於是
當世界給我最大的掌聲
　我聽不到
當世界給我最大的獎項
　我摸不到

只是
鳥籠越來越黑了
鳥籠越來越缺氧了

我
二〇一〇年　關進去
二〇一七年　死了

然後
他們把我　燒光光

以為　什麼都沒有了
但他們不知道
我卻是很平靜的
留下了一粒麥子

二〇一七年十月（《笠詩刊》三二一期）

無聲

有一種聲音細細的
回應的聲音也是細細的

有一種聲音粗粗的
回應的聲音也是粗粗的

有一種聲音火火的
回應的聲音也是火火的

有一種聲音震懾的
回應的聲音卻是弱弱的

有一種聲音極度震懾的

回應的聲音　無聲
站在岸邊的人心裡很明白
無聲
卻是最令人震懾的聲音

二〇一八年四月（《笠詩刊》三二四期）

深海

從海面往下
數百公尺數千公尺
研究人員看見
大的魚小的魚
很普通臉孔的魚
很奇特臉孔的魚
一大群一大群的魚
落單的魚

游來游去　靜靜的

這裡的社會
不需要紅綠燈

因為從不會有衝撞的問題

這裡的社會
不需要圍籬
因為從不會有侵奪的問題

這裡的社會
不需要法律
因為從不會有互信的問題

這裡的社會
不需要煩惱下一個世紀
因為從不會有核災的問題

深海的魚　幾億年了
游來游去　悠悠的

因為這裡的社會
沒有人類

二〇一八年六月（《笠詩刊》三二五期）

脫序

鏡頭遠拍
像節慶
熱鬧滾滾

鏡頭近拍
像幫派
街頭械鬥

鏡頭仔細拍
不像節慶
不像幫派
只是一片混亂

鏡頭再仔細拍
像讀書人
像訓練有素的人

鏡頭再仔細拍
又不像讀書人
又不像訓練有素的人

只是一片混亂

二〇一八年八月（《笠詩刊》三二六期）

靶心

有一種人
拿著槍
並沒有對著靶
只是在亂槍打鳥

有一種人
拿著槍
對著靶
很認真的打靶心

有一種人
拿著槍
對著靶

打爛靶心周圍
就是不打靶心
這些都是讀書人

二〇一八年九月（《台灣現代詩》五十五期）

洞穴裡的蟑螂

這個時代有誰會住在洞穴裡呢
只有蟑螂吧

洞穴　不需要裝潢
不需要水電
洞穴　不需要書桌
不需要床鋪
洞穴　不需要衛浴設備

只有蟑螂吧
這個時代有誰會住在洞穴裡呢

蟑螂　不需要

裝潢水電書桌床鋪
蟑螂　不需要衛浴設備

蟑螂最喜歡骯髒了
吃骯髒的東西
做骯髒的事

蟑螂最喜歡骯髒了
但又怕被認出
所以不斷脫皮
一再換裝
一再換裝

這個時代有誰會住在洞穴裡呢

二〇一八年十月（《笠詩刊》三二七期）

有一種小蟲

有一種小蟲
形貌很像人
讀了很多書
性卻兇悍

在家裡
小蟲看不順家人
也看不順隔壁人家
講話粗聲粗氣
從早到晚
聽到的總是爆裂聲

最近
小蟲有了幾天假期
跨過水溝
到別人家做客

只見小蟲
端坐屈膝
輕聲輕語

竟然
不敢說出
自己的姓氏

二〇一九年九月（《台灣現代詩》五十九期）

有一種自由

有一種自由
像呼吸空氣
有一種自由
像吃飯睡覺
有一種自由
像狂風豪雨
有一種自由
像毒蛇猛獸

有一種自由
天天像白天
有一種自由
天天像黑夜
有一種自由
從不需要喊自由
有一種自由
天天都要喊自由

二〇一九年十二月（《笠詩刊》三三四期）

自由　在哪裡

以前
早餐午餐晚餐
上學放學
上班下班
晚上沉沉入睡
從不會仔細想
自由　在哪裡

現在
一大群一大群民眾走到街上
驚見
棍棒

橡膠子彈
辣椒水
噴水車
催淚彈

恍然大悟　原來
自由　在這裡

二〇二〇年三月（《台灣現代詩》六十一期）

武漢肺炎

有一隻病毒
在武漢著床　然後
生了下來　然後
長大　然後
專找人的肺臟
成家立業

沒想到
病毒的繁殖能力
超強
很快就傳到
隔壁的省　然後傳到
隔壁的隔壁的省　然後傳到

全中國　然後傳到
全世界

後來　有人發現
這隻病毒
傳到世界各地
有的地區拓展很容易
有的地區拓展很困難

後來　有人發現
這隻病毒
傳到世界各地　幾乎是
碰到不自由的地區以及
與不自由地區親密的地區
病毒越能自由拓展
碰到自由的地區

病毒越不能自由拓展
這就是現代傳說的
武漢肺炎

二〇二〇年四月（《笠詩刊》三三六期）

兄弟

有一種兄弟
有血緣
非常親愛

有一種兄弟
有血緣
卻如仇家

有一種兄弟
沒有血緣
親愛如家人

有一種兄弟

沒有血緣
碰面就喊打喊殺
他們說是黑道的

有一種
沒有血緣
不像又有點像黑道
隔岸而居
一天到晚喊打喊殺
可是
一天到晚還唱著
「你就是我的兄弟」

二〇二〇年十二月（《台灣現代詩》六十四期）

變形的臉

以前的臉
是正正的直直的
現在的臉
也是正正的直直的
以前的臉
是正正的直直的
現在的臉
是歪歪的斜斜的
有一種人的臉

在什麼時候什麼地方
都是一樣

有一種人的臉
在某些時候某些地方
就會不一樣

二〇二〇年十二月（《笠詩刊》三四〇期）

輯二

變與不變。

金碧輝煌

是什麼意思
金碧輝煌
是要有金的嗎

那是指皇宮囉

那　金碧輝煌
總統府不算吧
董事長室不算吧

那　金碧輝煌
天主教堂不算吧
基督教堂不算吧

慈濟靜思堂不算吧
清真寺不算吧

媽祖廟算不算

那　金碧輝煌
佛光山算不算
中台禪寺算不算

什麼
金碧輝煌
不一定要有金的嗎

那　金碧輝煌
我家算不算

二〇一三年八月（《笠詩刊》二九六期）

繁殖

大的繁殖大的
小的繁殖小的

硬的繁殖硬的
軟的繁殖軟的

實的繁殖實的
虛的繁殖虛的

黑的繁殖黑的
白的繁殖白的

老師問
現在的社會
最適合繁殖的是什麼

學生答
不大不小不硬不軟
不實不虛
不黑不白

二〇一三年十二月（《台灣現代詩》三十六期）

報紙的小角落

在報紙的大角落
這是會被看到的
　蘇聯車諾比核電廠爆炸
　美國九一一世貿大樓攻擊事件
　日本三一一大地震

在報紙的大角落
這是會被看到的
　二十五萬人聚集凱達格蘭大道
　特偵組監聽國會事件
　大統食用油造假事件

在報紙的大角落

這是會被看到的
　女神卡卡在台北登場
　江惠在高雄巨蛋開唱
　曾雅妮登上世界球后

在報紙的小角落
這是會被看到的
　天寒一名街友凍死
　一名國中生戲水溺斃
　一名女大生跳樓身亡

即便是在報紙的小角落
這是不會被看到的
　一位詩人之死

二〇一四年三月（《台灣現代詩》三十七期）

鑽石

火山噴發把我帶到地表
他們叫我金剛石
經過打磨
他們叫我鑽石

他們說
我很硬很耐熱
只有　一千度C才能讓我屈服

他們又說
我全身透明
晶瑩剔透

他們說我
價值連城

可是
我很清楚
全身上下我只是
碳

他們把我
賣來賣去
越賣越貴

有人把我帶在手指上
說是鑽戒
有人把我帶在頸上
說是項鑽

這樣
他們說這個人
是非常有身價的

可是
我實在不懂
這個人全身上下
有很多很多重要的元素

而我全身上下
只是
碳

二〇一四年九月（《台灣現代詩》三十九期）

包包

上學
背一個包包出門
放學
背一個包包回家

上班
提一個包包出門
下班
提一個包包回家

退休後
背一個包包出門
退休後

背一個包包回家
死後
孫子好奇打開包包
包包　空的

二〇一四年十二月（《台灣現代詩》四十期）

蟲與蝶

我是蟲

我爬行
在樹枝
在樹葉
在地上

我爬行
有時光鮮亮麗
有時沾一身泥

我是蝶

我飛
飛越這個枝頭
飛越那個枝頭

我飛
飛越這片花海
飛越那片花海

穿一身彩衣
我陶醉

有一天
蟲死了
躺在自己的土地上

有一天

蝶死了
躺在他鄉的荒野

二〇一五年三月(《台灣現代詩》四十一期)

變與不變

技術上的
是可以變的
原則上的
是不可以變的

黑夜
是可以變長的
黎明
是可以變短的
黑夜走完了
黎明就來了
是不可以變的

昨天的你和昨天的我
各自做的一件事
是可以變的
昨天的你和昨天的我
一起講的一句話
是不可以變的

二〇一五年六月（《台灣現代詩》四十二期）

聰明與笨

聰明的臉
看起來精精的
笨的臉
看起來傻傻的
聰明的臉
眼睛大大的　看上面
笨的臉
眼睛小小的　看下面
聰明的臉

走路曲曲的
笨的臉
走路直直的
笨的臉
走前門
聰明的臉
走後門

有一天　參訪監牢
每一張臉看起來都
精精的

二〇一五年九月（《台灣現代詩》四十三期）

錢

我是錢
無色無臭

我是錢
我並不是生命
但圍在我旁邊的全都是生命

我是錢
我並沒有人生
但有很多的人生和我連結

我是錢
我不談正義也不談不正義

但我常常被不公不義糾纏
我是錢
我不談感情
但我常常被私情糾纏

我是錢
我是無色的
但我常常被燻得黑漆漆的

我是錢
我是無臭的
但我常常被鬥得很臭很臭

二〇一六年二月（《笠詩刊》三一一期）

白內障

小時候
看到一隻小鳥在樹上
跳來跳去
看得很清楚

年輕時候
看到一條小魚在溪中
游來游去
看得很清楚

年紀漸漸大了
看報紙有些不清楚
戴上老花眼鏡

看得很清楚了

年紀更大了
看風景有些模糊
戴什麼眼鏡也沒用
眼科醫師說是白內障

終於明白了　原來
年紀越大越看不清楚
這世界

二〇一六年三月（《台灣現代詩》四十五期）

石頭與小樹

有一個石頭
座落在山中

很硬的石頭
沒有一滴水的石頭
很強勢的石頭
沒有左鄰右舍

就連石頭旁邊的水流
都乾涸了
就連石頭旁邊的花草
都枯萎了

只有一棵小樹
長出來
在石頭正中央
不在乎石頭多硬
不在乎石頭多強勢

只有一棵小樹
長出來
在石頭正中央
以纖細的軀幹
以青翠的枝葉

只有一棵小樹
不需要泥土
不需要水滴

二〇一六年十二月(《笠詩刊》三一六期)

要唸書

爸媽說的
老師說的

一定要唸書

唸完大學
唸完碩士
唸完博士

還是要唸書

以前唸完書
做我想做的

後來唸完書
做我不想做的
但還是要唸書
現在唸完書
沒有什麼我可以做的

二〇一七年二月（《笠詩刊》三一七期）

只剩民主

——為台灣寫一首詩

這個島　很漂亮
但很長一段時間只剩黑夜

這個島　很漂亮
但很長一段時間只剩寒冬

這個島的人　很勤奮
但總是風雨不斷　很難入睡

這個島的人　很溫和
但總有很多黑衣人　走來走去

曾經
家裡面長期家暴
家外面日夜糾纏
口耳相傳這個島的人
有一位老先生
不要管那
家裡面家外面了
其實什麼都可以沒有
只要剩下民主

二〇一七年四月（《笠詩刊》三一八期）

哈薩克的金鵰

一九九一年之前
哈薩克是蘇聯的一部分
一九九一年之後
哈薩克就是哈薩克

一九九一年之前
哈薩克人　記憶中完全消失了的
馴鷹文化
一九九一年之後
馴鷹文化
哈薩克人漸漸找回來了

哈薩克的金鵰
是全世界最凶猛的鷹
張翅寬二〇一公分
利爪有如銳刀
飛行時速三〇五公里

哈薩克的金鵰
和哈薩克人
是一體的

哈薩克人騎馬帶著金鵰
在哈薩克草原奔馳
那是很久以前的傳說

現在哈薩克人和金鵰
又奔馳在草原上了

看起來似乎
是在覓食

然而近看
哈薩克人和金鵰
更像是在親吻
哈薩克的土地

二〇一七年六月（《台灣現代詩》五十期）

答案

數學家
針對一個題目
經過很多年的研究
終於有了一個答案

物理學家
針對一個題目
經過很多年的研究
終於有了一個答案

文學家
針對一個題目
經過很多年的研究

有了很多的答案

很多科學家
針對一個題目
經過十年二十年百年
還是只有一個答案

很多文學家
針對一個題目
經過十年二十年百年
還是有很多的答案

二〇一七年九月（《台灣現代詩》五十一期）

不孤單

走在黑暗巷弄裡
你以為只有自己一個人

不是的　在這裡
還有我
還有他
還有他

走在狂風暴雨的氣候裡
你以為只有自己一個人

不是的　在這裡
還有我

還有他
　還有他

因為
前面有一個光亮的點
你正在走的這條路　絕對
不會是孤單的

二〇一七年十二月（《台灣現代詩》五十二期）

正義不一定會贏

虛與實
那個是虛那個是實

真與假
那個是真那個是假

是與非
那個是是那個是非

看起來好像很清楚
但這個社會
很多人總是看不清楚

應該要站在對的那邊
但這個社會
很多人總是會站在錯的那邊

不是看過很多了嗎
在這個社會
正義不一定會贏

二〇一七年十二月（《台灣現代詩》五十二期）

要捨得

因為
正義有可能躲在暗處
因為
正義有可能只剩一個人在講
所以
就要捨得
要捨得
並不是意謂要放棄

要捨得
是意謂一點希望都沒有了
要捨得
也是意謂還有一絲希望

二〇一七年十二月（《台灣現代詩》五十二期）

假新聞

有一種新聞
是真的
有一種新聞
是假的

社會上
真新聞
通常在小角落
假新聞
通常在大廣場
真新聞
通常不太會傷人

假新聞
常常會有人受傷

假新聞
本來就沒有要人相信
只是有很多人
會像接力一樣
一直傳一直傳

二〇一八年二月（《笠詩刊》三二三期）

看不見的手

社會上有一種手
溫暖的手
拉拔的手
往前推進的手
（都是看得見的手）

社會上有一種手
有力的手
乾淨的手
公義的手
（都是看得見的手）

社會上有一種手
主動的手
不計代價的手
無怨無悔的手

（都是看得見的手）

社會上有一種手
冷冰冰的手
不乾淨的手
戴著白手套的手

（都是看不見的手）

社會上
看不見的手

讓看得見的手
漸漸看不見了

二〇一八年三月（《台灣現代詩》五十三期）

上台　下台

有一個人
上台
不戴面具
下台
也不戴面具

有一個人
上台
戴一個面具
下台
就脫下面具

有一個人
上台
戴一個面具
下台
仍戴著面具

二〇一八年六月（《台灣現代詩》五十四期）

看板

看板
在我家附近
在我上班路上兩旁

看板
很大很耀眼
躲也躲不掉

看板
有些為了選議員立委
有些為了新大樓建案
有些為了新產品

看板

有些很真實　百分之百
有些很真實　百分之五十
有些很真實　百分之三十
有些很真實　百分之一

每天總有一個
百分之一真實的看板
看我　在我面前

二〇一八年六月（《笠詩刊》三二五期）

只要開始

有一個人
在山腳下走來走去
繞了一圈二圈三圈
還在山腳下

然後就黃昏了

第二天又來
第三天又來
還是在山腳下

有一個人　長嘆
登頂太難了

這時
山裡傳來一個老人的聲音
　不難不難
只要開始

二〇一八年八月（《笠詩刊》三二六期）

濛濛

以前
早上出門
偶而會遇上霧
路上濛濛的　看不清
但慢慢霧散了
世界　看得很清楚了

現在
早上出門
沒霧
整個天空濛濛的
傍晚回家

也沒霧
整個天空還是濛濛的
以前偶而
看不清楚
現在整天
看不清楚
這世界

二〇一八年十月（《笠詩刊》三二七期）

老

舊的字典這樣寫

老

是年紀很大了

什麼事都做不了

新的字典這樣寫

老

是活力低落了

什麼事都不想做

作為一隻鳥
不是飛越不了一座山
是不想飛了

作為一條魚
不是游不到彼岸
是不想游了

作為一個人
不是走不出去
是不想走了

二〇一八年十二月（《台灣現代詩》五十六期）

堅強與脆弱

人
是堅強的
再大的風雨
都挺得住

人
是脆弱的
稍微動怒
就倒地不起

人
是堅強的
在威權下

不管如何折磨
就是死不了

人
是脆弱的
高高興興
吃一顆粽子
就噎死了

人
是堅強的
被擊倒七次
還能站起來

人
是脆弱的

不小心跌倒
就再也沒有醒來

人
是堅強的？
人
是脆弱的？

二〇一八年十二月（《笠詩刊》三二八期）

電梯的幻想曲

電梯在十樓開門
走出來看見
繁忙的交通
延伸向四面八方

電梯在十五樓開門
走出來看見
一大片金黃的稻穗
延伸到山腳下溪流邊

電梯在二十樓開門
走出來看見
暗黑的街道

燈紅酒綠
人們通紅的臉
延伸到很深的夜

電梯在五樓開門
走出來看見
一大片一大片的土地
長不出一株小草
人們蒼白的臉
延伸到眾多祈求的眼

電梯在一樓開門
走出來看見
地震水災風災
還有
某些地區的戰爭

某些地區的難民
延伸到他家你家我家

電梯在地下五樓開門
不是到停車場了嗎
卻看不見一輛車

夜很深
很想回家了
只聽見電梯小姐說
請問到幾樓

二〇一八年十二月（《笠詩刊》三二八期）

名牌包

他們說
有一種包包叫名牌包
為什麼叫名牌包
他們也說不上來
什麼樣的人才可以攜名牌包
他們也說不上來

只是
攜了名牌包
他們都說
名牌包　很貴很重的

然而
攜名牌包出國又回國
打開來看
裡面總是　空空的

二〇一九年二月（《笠詩刊》三二九期）

連塵埃都不是

一粒塵埃約五百微米

從地球看宇宙
不知宇宙有多大

從宇宙看地球
地球只是一個行星
地球在太陽系中繞著太陽運轉
太陽系包含在銀河系中

銀河系直徑約十萬光年
銀河系約太陽的六七九三・一億倍
太陽約地球的一〇九倍

而銀河系只是宇宙的一部分

從宇宙看地球
地球像一粒塵埃

人
在地球自稱是萬物之靈
人自認
是偉大的

人
自稱是有智慧
有親情友情愛情
可是有人的地方

從來都會有
戰爭飢餓貧窮

人
是偉大的嗎

可是人在宇宙
連一粒塵埃都不是

二〇一九年四月（《笠詩刊》三三〇期）

黑的　在哪裡

白的　在這裡
黑的　在白的後面

白的後面是暗黑的
所以看不到黑的
所以不知道
黑的　在哪裡

現在的社會
黑的　站到前面來了
和白的站在一起

黑的　在哪裡

清清楚楚

可是
小民說
不敢看
長官說
沒看見

都說
黑的　不知道在哪裡

二〇一九年六月（《台灣現代詩》五十八期）

魔鬼的臉

有誰看過
魔鬼的臉

以前的人聽以前的人傳的

有人說
魔鬼的臉
是圓的是黑的
頭髮很長的
滿臉鬍鬚的

有人說
魔鬼的臉

是方的是青的
頭髮散亂的
暴牙的
眼睛兇兇的

有人說
魔鬼的臉
就是很難看的
心地很壞的
吃人的

有人站出來說看見了
現代魔鬼的臉
英俊瀟灑的臉

一副書生的臉
面帶笑容的臉

二〇一九年八月（《笠詩刊》三三二期）

森林音樂會

德國柏林西郊
瓦爾德尼森林劇場
每年
舉辦露天音樂會
柏林愛樂在這裡演奏
現場有二萬二千觀眾

二十五年了
座無虛席

坐在這裡
不覺得是坐在森林裡
眼前彷彿一大片田園

有可愛的小狗翻滾
偶而呈現清澈的溪流
有鱒魚跳躍

坐在這裡
好像坐在雲霧之上
坐在世界外面
心志不斷擴大
擴大到什麼都不再存在

坐在這裡
旁邊的陌生人
老人小孩年輕夫婦
一下子竟成為好朋友

坐在這裡

指揮家
阿巴多、西蒙·拉特爵士、小澤征爾
一下子竟成為好朋友

坐在這裡
作曲家
巴哈、莫札特、貝多芬
舒伯特、舒曼、柴可夫斯基
一下子竟成為好朋友

音樂會尾聲
大家都站起來了
又雀躍
又擊掌
又歡唱

旁邊有位老先生
不知不覺喃喃自語
人　果然是偉大的

二〇一九年十月（《笠詩刊》三三三期）

站那一邊

以前
我會站在人多聚集的一邊
我會站在有錢人聚集的一邊
我會站在穿西裝的人聚集的一邊
我也會站在高談闊論的一邊
我也會站在口沫橫飛的一邊
我也會站在頻開支票的一邊

以前
我會站在微風輕拂的一邊

結果他們說
我站錯邊了

現在

我會站在陽光照射的一邊
我會站在弱勢團體的一邊
我會站在百分百正義的一邊

現在

我會站在強風逆襲的一邊

結果他們說
我又站錯邊了

二〇二〇年二月（《笠詩刊》三三五期）

第一個發出來的聲音

第一個發出來的聲音
被認定是邪音
那人被認定是壞人

第一個發出來的聲音
被壓下去
被打成無聲

一隻病毒
不動聲色
一傳十
十傳百
告示世人

第一個發出來的聲音
是正確的
第一個發出來的聲音
是正確的

一隻病毒
這樣告示世人

二〇二〇年六月（《台灣現代詩》六十二期）

機會

一生當中
機會有多少次
年青人說
機會有很多次
老年人說
機會只有一次

二〇二〇年十二月（《笠詩刊》三四〇期）

遺產

有一種遺產
是留給兒輩孫輩的
可能是一大片土地
可能是一大箱金銀
可是
經過幾十年幾百年
也許因為揮霍也許因為天災
遺產最後歸零

有一種遺產
是留給人類世代的
可能是偉大的建築
可能是雄巍的城堡

可是
經過幾千年又幾千年
也許因為戰爭也許因為天災
遺產瞬間消失

我一直在想
要給
兒輩孫輩
人類世代
留下什麼樣的遺產
經過幾十年幾百年
經過幾千年又幾千年

都不會歸零

二〇二〇年十二月（《台灣現代詩》六十四期）

今年不一樣

今年不一樣

二〇二〇年歲末了
沒有感覺快樂過年的氣氛

很多大型活動取消
很多公司倒閉
很多商店關門
很多民眾失去工作
很多家庭不能吃團圓飯

人和人
減少互動

甚至零互動
包括朋友
包括親人

死人之多
遠超過世界大戰

今年不一樣
唯一一樣的是
時鐘的跳動

二〇二一年二月（《笠詩刊》三四一期）

輯三。

鏡中的我

鏡中的我

鏡中的我
那是我？

鏡中的我　一次一次看
那是我嗎
一二十歲的我？

鏡中的我　一次一次看
那是我嗎
三四十歲的我？

鏡中的我　一次一次看
那是我嗎

五六十歲的我？

鏡中的我　一次一次看
那是我嗎？
七十歲的我？

鏡中的我　一次一次看
只見漸漸皺褶的我
而那個我
還是那樣個性的我？

鏡中的我
一直是我？

二〇一三年九月（《台灣現代詩》三十五期）

喜歡來草屯

來草屯是因為
可以通往碧山巖
可以通往中興新村
可以通往埔里日月潭
可以通往溪頭杉林溪

來草屯是因為
可以眺望九九峯

來草屯是因為
可以參觀工藝研究所

來草屯是因為
可以嚐很多美食

然而
這都不是很重要的

距第一次來　三十七年了
街道還是那麼窄
那麼髒那麼亂
車輛行人越來越多
走路越來越難了
停車越來越不易了

然而
這都不是很重要的

很重要的是
有一位詩人
在草屯

是的
我們很喜歡來
相約在草屯
是因為有一位詩人

是的
就是喜歡來草屯
直到深夜　不想回去

二〇一三年十月（《笠詩刊》二九七期）

什麼都沒帶

牛拖著犁
腳步緩慢的犁田

馬背著鞍又背著人
使力的往前跑

每天上班
提著公事包
準時進辦公室

到台北出差三天
帶著公事包
還帶一個小旅行袋

過年全家出國旅遊
攜帶大行李小行李
還帶著隨身包包

不知道
牛　有什麼心情
馬　有什麼心情
人　有什麼心情

有一天出門
什麼都沒帶
忽然感到原來
這才是最快樂的心情

二〇一三年十二月（《台灣現代詩》三十六期）

做自己

念了很多書
學了很多經驗
成為主任級醫師

念了很多書
學了很多經驗
成為大學校長

念了很多書
學了很多經驗
成為大公司董事長

念了很多書

學了很多經驗
成為國際知名學者

看起來似乎我是
有了一身本事

可是自己很清楚
書本給我99％的知識
老師給我99％的經驗

直到退休很多年了
總覺得
還好　似乎我還有1％
做自己

二〇一四年二月（《笠詩刊》二九九期）

我與盲人

盲人
看不見自己的手腳身軀
看不見自己的頭臉
看不見自己的耳鼻眼
看不見自己的嘴

我
看得見自己的手腳身軀
看不見自己的頭臉
看不見自己的耳鼻眼
看不見自己的嘴

他們說

我比盲人好
我看得見自己的一部份

他們說
盲人比我好
盲人聽得見自己的全部

二〇一四年三月(《台灣現代詩》三十七期)

一個不知名的地方

以前我上學
每天出門
走同一條路去
走同一條路回來

但我不能確定
每天我去的
那是什麼地方

以前我上班
每天出門
走同一條路去
走同一條路回來

但我不能確定
每天我去的
那是什麼地方

退休後
我還是每天出門
走同一條路去
走同一條路回來

但我還是不能確定
每天我去的
那是什麼地方

二〇一四年十二月（《台灣現代詩》四十期）

首爾印象

和台北比較
有些一樣的是
很多高樓
很多車輛
很多匆匆的人

和台北比較
有些一樣又有些不一樣的是
機場很現代
但更宏大更進步
地下鐵很發達
但更綿密更方便

和台北比較
有些不一樣的是
很多道路不知是什麼道路
很多招牌不知是什麼招牌

走入餐館
菜單看了半天不知怎麼點餐
佳餚端上來了不知怎麼吃法
這道菜很辣
那道菜更辣

和台北比較
很一樣的是
這裡有詩
這裡有很多詩人

這是詩的城市

二〇一五年三月（《台灣現代詩》四十一期）

時針與秒針

時針走得很慢
可是時針走一步
分針得走六十步
分針走得很慢
可是分針走一步
秒針得走六十步

秒針走得很快
秒針走六十步
分針才走一步
分針走得很快
分針走六十步
時針才走一步

退休了
才感覺到
我人生的旅程
很像秒針
我人生的腳步
很像時針

二〇一五年四月（《笠詩刊》三〇六期）

再來京都

來大阪開會
是為了來看京都

來京都不是為了
再看一次金閣寺
再看一次銀閣寺
再看一次清水寺
再看一次鴨川
再看一次祇園

再來京都
不是為了訪問嵐山

再來京都
是為了再來看
森井教授夫婦

看著越來越緩慢的步伐
卻是感受到
越來越強烈的牽引

濃濃的家鄉味的
京都　啊

一輩子真心的

京都

二〇一五年十月（《笠詩刊》三〇九期）

老街

小時侯
有一條街我們叫大街

很重要的日子
我們會往大街去
很好看的衣服
我們會去大街買
很棒的美食
我們會去大街吃

大街的外圍蓋了很多大樓
大街的外圍有了很多更大的街
大街的外圍的外圍蓋了很多大樓

大街的外圍的外圍有了很多更大的街

現在
大街已經變成小街了
有人稱為老街

經過六十幾年
我走進一條街
在一家很舊的小吃店坐下
吃了一碗爌肉飯

啊　原來就是這條街

二〇一五年十二月（《笠詩刊》三一〇期）

最後化妝

人人登上一個舞台
有人很精華的演出
很簡短
有人很無趣的演出
很冗長

人人化妝上了舞台

每天演戲
是在演自己或演別人
不知道

每天化妝
每天卸妝

直到有一天走下舞台
終於不必化妝了

可是
竟有一位化妝師走過來
很有禮貌的幫我
再化妝一次
上上下下

二〇一六年二月（《笠詩刊》三一一期）

志願

在榕樹下
老先生和一群小朋友
小朋友甲說
「長大後要當老師」
小朋友乙說
「長大後要當歌星」
小朋友丙說
「長大後要當董事長」
小朋友丁說

「長大後要當市長」
小朋友戊說
「長大後要當總統」

老先生說
「很好很好
我小時候也有一個志願
長大後卻不太一樣」

二〇一六年五月（《滿天星詩刊》八十六期）

單行道

市區的道路
有兩線道的
有四線道的
都是雙向道

我家門前
是單行道

我上班
從單行道走出去
走入雙向道

我下班

從雙向道走回來
走入單行道

從上班到下班到退休
都是這樣走的路
從單行道到雙向道
從雙向道到單行道

然而
現在看回去　人生
每天每天似乎
只有單行道

二〇一六年六月（《台灣現代詩》四十六期）

晚宴・在大阪

晚宴　應該在京都的
可是晚宴　決定在大阪

二〇一六年國際會議在神戶
會議最後一天夜晚
想約在京都
可是森井教授夫婦堅持
約在大阪皇家飯店
晚宴

我不捨他們跑到大阪
他們不捨我跑到京都

於是
我只好從神戶到大阪
背著台灣帶來的土產
以及三十七年的深情

於是
只好讓森井教授夫婦
從京都到大阪
背著九十一歲和八十五歲的身軀
以及三十七年的真心

啊　晚宴
在大阪

二〇一六年十月（《笠詩刊》三一五期）

讚美

我讚美
不是因為
每天看到窗邊美麗的晨曦

我讚美
不是因為
每天看到來來來往往快樂的人們

我讚美
不是因為
每天看到海邊如畫的夕陽

我讚美

只因為聽到了
來自腳下泥土迷人的聲音

二〇一七年六月（《台灣現代詩》五十期）

山的呢喃

大的樹小的樹
綠滿整座山

一大早
休閒客沿著步道上山
途中
有徐徐的風
有此起彼落的鳥聲

休閒客在山腰涼亭
坐下來喝喝茶
講一些阿公的故事
講一些阿爸的故事

然後
有學生團有社會團
在山中的空地
又唱又跳

然後
有來自各地的遊客
穿梭林間
輕唱
黃昏的故鄉

然後
天全黑了

然後
一切都消失了

山　喃喃自語
原來
曾經來過的　都不會留下

二〇一七年九月（《台灣現代詩》五十一期）

密碼

他們說
要記得密碼
才能打開保險箱

他們說
要記得密碼
才能打開電腦裡的信箱

他們說
要記得密碼
才能打開家裡的門鎖

一出生

母親就交給我一組生命的密碼
而我卻怎麼也記不得那號碼

二〇一八年二月（《笠詩刊》三二三期）

這個名字

這個名字附在我身上
從早到晚　包括睡覺
從家裡到辦公室
從台灣到日本到美國

這個名字附在我身上
幾十年
讓我做起事來
有些很想做
有些很不想做
有些很敢做
有些很不敢做

幾十年了
越來越覺得
我的身體似乎也附在這個名字上
讓我做起事來
有些很想做
有些很不想做
有些很敢做
有些很不敢做

年紀越來越大了
總會想到有一天
我的身體不在了
這個名字是否還在
假如這個名字也不在了
那最好

假如這個名字還在
那要附在哪裡

二〇一八年三月（《台灣現代詩》五十三期）

與韓日詩人遊日月潭

昨天
與韓日詩人在台中　朗讀詩
今天
與韓日詩人遊日月潭　寫詩

外國詩人第一次來日月潭
我和外國詩人來　也是第一次

應該有白雲的
可是今天
只有陰陰的天　偶而有毛毛的雨

這樣的朦朧美

也是第一次看見

包括坐在遊船上
看見的碼頭
看見的日潭月潭拉魯島
看見的玄奘寺慈恩塔

包括坐在纜車上
看見的整片湖光山色
看見的整個九族文化村

這樣的風景
美是很美了
只是都是路過

不是嗎

一下就天黑了
等到大家握手
互道珍重頓然發現
原來這群詩人才是
最美的風景

二〇一八年三月(《台灣現代詩》五十三期)

相片

從抽屜拿出一些相片

看看相片
再看看鏡子

那不是我吧
那不可能是我吧

相片裡的人
光鮮亮麗的
炯炯有神的
充滿自信的
一副很堅定的表情

鏡中的人
身材有些發胖
皮膚有些皺摺
頭髮有些稀疏有些灰白
看起來
一副懶散消極的表情
看起來
一副沒什麼個性的表情

然後我
小心翼翼的把相片放回抽屜

很肯定的說
那絕對不是我

二〇一八年四月（《笠詩刊》三二四期）

一天的行程

曾經
媽媽走到哪裡
就跟到哪裡
一直到很晚

（這是一天的行程）

曾經
早上匆匆吃過早餐
趕著去上學
傍晚回家匆匆吃過晚餐
趕著去補習班
一直到很晚

（這是一天的行程）

曾經
早上匆匆吃過早餐
趕著去上班
晚上回家匆匆吃過晚餐
趕著準備明天開會的資料
一直到很晚

（這是一天的行程）

有一天
一覺醒來
發現沒有行程了
這才明白

從現在開始
才真正要排入自己的
一天的行程

二〇一八年九月（《台灣現代詩》五十五期）

大同國小

二〇一九年三月三十日
座落在台中市自由路
大同國小
在這裡
歡度一百二十歲生日

七十年前走進來
六十四年前走出去
現在我在這裡

那時候留下來的
門口進來第一排二層樓教室
門口進來圍牆邊的樹木

第一排教室後面的操場
還好　仍認得我

對面的台中女中
門前自由路直通台中公園
側門民生路往回走
通到清澈的綠川
仍在那裡

只是校內
增加了很多新教室新建築
包括大同樓

而很多教室
包括一年級到五年級的教室
不見了

游泳池大禮堂
不見了

那時
每天光著腳潦過清澈綠川的小孩
每天光著腳沿民生路走到學校的小孩
畢業典禮那天第一次
穿著布鞋到學校的小孩
不知道在哪裡

還有
老師和同學呢
都不知在哪裡

那時候
只知道每天

應該來這裡
應該要念書
可是不知道為什麼

到現在還是不明白
從這裡走出去不就夠了嗎

為什麼
還要唸中學
還要唸大學唸研究所
還要留學
還要去日本去美國
還要去世界各國

後來
不是又回來了嗎

而現在
站在大同樓前面
一個白髮蒼蒼的老人
靜靜的看著
一群又一群的小孩
跑來跑去

頓然領悟
什麼叫做
回不去了

啊　真的回不去了
大同國小

二〇一九年六月（《笠詩刊》三三一期）

退休前退休後

退休前
每天到辦公室
教導醫學系學生
如何學醫
和年輕學者一起
從事研究
幫很多醫師解決診斷問題
挽救病人生命

從助教升上講師副教授
升上教授
從科主任到系主任

一路
看似在幫助別人生命
似乎較像在幫助自己生命

退休十年了

退休後
他們邀我再去辦公室
每天
又和年輕學者一起
從事研究
又幫很多醫師解決診斷問題
挽救病人生命
但少了教導醫學生

已經

沒有升教授的情事了
沒有接系主任的情事了

一路
看似在幫助自己生命
似乎較像在幫助別人生命

二〇二〇年三月（《台灣現代詩》六十五期）

詩化石

考古學家發現動物化石
證實是
幾百萬年前的生物

假如沒有被發現
藏在地底下
化石還可以繼續存在
幾億年
幾十億年

可是
這樣的化石
實際上是沒有生命了

這樣的化石
算不算永恆

假如
我把詩
埋在地底
經過幾百萬年
或許會變成化石
這樣的化石
應該會是永恆的
因為這樣的詩化石
有我加入的生命

二〇二一年三月（《台灣現代詩》六十五期）

輯四。

醫生誓言系列

外科醫生

——醫生誓言系列

車禍　脾臟破了
摔下來　骨頭斷了
一隻腳　潰爛著
一隻手　正在流血

每天上午七點到下午七點
很多人　一星期的行程滿滿的
排入我的行程

血　並不是我的嗜好
血　是我生活的一部份

而我的刀　只是在宣示
我強烈的反對
不公不義

二〇〇六年六月（《笠詩刊》二五二期）

婦產科醫生

——醫生誓言系列

他們都說我
有時像九點到五點的上班族
有時像二十四小時的便利商店

每天我面對女人
但似乎更像在面對男人

是的
他們惹了很多麻煩
而我在這裡
就是為了排解紛擾的

不管人生有多坎坷
在這裡　請聽我說
集中精神　看那
一個全新的生命

二〇〇六年六月（《台灣現代詩》六期）

病理科醫生

——醫生誓言系列

第一次認識的朋友
自我介紹一下
……
哦　是檢驗大小便的嗎

大學裡的同事
……
咦　你不是在學校教書嗎
怎麼也要去醫院工作

醫院的會計小姐

……
不好意思　請問
你在我們醫院是做什麼樣的工作呢

也許
你也一直很好奇
每次站在我辦公室門口
總會不時看到
內科醫師或
外科醫師或
小兒科醫師或
婦產科醫師或
耳鼻喉科醫師或
眼科醫師或
牙科醫師或
……

來問
他的病人　究竟是什麼病
其實
還有一樣你很不知道的事
我還是專門看死人的醫師呢
我的信念就是絕對
不能讓死人　死得不明不白

二〇一二年三月（《台灣現代詩》二十九期）

小兒科醫生

——醫生誓言系列

每天就像到了幼稚園上班

看那些小朋友
有些靜靜的
有些哀嚎著

當然
這裡確實不是真正的幼稚園
但在這裡
對於你那表達不是很精準的表情
和肢體動作
我卻是最能瞭解你的人

有一個早產兒躺在那裡
靜靜的
有一個先天性心臟病童躺在那裡
靜靜的
有一個不明原因發燒的病童躺在那裡
哀嚎著
有一個上吐下瀉病童躺在那裡
哀嚎著

媽媽　愁眉苦臉

這就對了　來這裡很快
一個一個開心果就
蹦蹦跳跳起來了

啊　是啦　我就是魔術老頑童啦
不分晝夜

二〇一二年四月（《笠詩刊》二八八期）

內科醫生

——醫生誓言系列

外科醫師拿起手術刀來
就會很堅持的宣示
反對不公不義

你不要說我不像外科醫師
其實
我也是很堅持公理正義的
只是我不拿刀

婦產科醫師有時
像朝九晚五的上班族有時
像二十四小時的便利商店

你不要說我不像婦產科醫師
其實
家人常抱怨我
太沒有時間觀念了

小兒科醫師把這裡當成是幼稚園
把自己當成是幼稚園的老師
讓小朋友快快樂樂的進來
快快樂樂的回去

你不要說我不像小兒科醫師
其實
我都把這裡當成一個家
把自己當成這裡的管家
你就像是我的家人

病理科醫師看死人是很專業的
絕對不會讓死人
死得不明不白

你不要說我不像病理科醫師
其實
我也是讀很多書的
我的理念是
一定要讓活人
活得舒舒服服的

二〇一三年六月（《台灣現代詩》三十四期）

誕生

——醫生誓言系列

生命就從這裡開始

從零
從無

生命從遙遠的一個光點
經過很長的黑夜
來到這裡
誕生

猶如一朵花的綻開

沒有貧富
沒有貴賤
只有讚嘆
生命就是這樣
從零
從無
誕生

——茂盛醫院開幕之慶

二〇一五年十二月（《台灣現代詩》四十四期）

輯五

斯人已遠。

一朵百合花

——蔡榮勇女兒詩穎仙逝

一朵百合花掉落
（總要有個理由吧）

一朵百合花
正要開花
就掉落了
（總要有個理由吧）
假如沒有一個很好的理由
一朵百合花

就不必讓她唸完幼稚園
就不必讓她唸完小學
就不必讓她唸完中學
就不必讓她唸完大學
就不必讓她去英國唸完學位

一朵百合花
才開始要寫詩

一朵百合花
就掉落了

一定要有一個很好的理由吧

二〇一三年六月（《笠詩刊》二九五期）

戴笠的人

——為羅浪前輩仙逝而作

我喜歡戴笠
不是因為太陽很大
不是因為風沙很強

我喜歡戴笠
在山野遊盪
在小橋漫步
在溪邊釣魚

我喜歡戴笠
是因為這滴血液

是因為這口空氣
是因為這把泥土
我喜歡戴笠
只因為
我不喜歡戴皇冠

二〇一五年五月十日　作

二〇一五年六月（《笠詩刊》三〇七期）

還活著

——為莊柏林詩人前輩仙逝而作

很久沒聯絡了
大概在家吧

偶而路過
沒機會進去看看
大概在家吧

榮後詩獎頒獎會後
詩社年會後
沒再見過
大概在家吧

寫了信也沒有回應
打了電話也沒有回應
大概在家吧

在《笠詩刊》
一直看到你的詩
在《台灣現代詩刊》
一直看到你的詩
應該在家吧

一直看到你的詩
一定是在家　寫詩

二〇一五年十一月二日　作

二〇一五年十二月（《笠詩刊》三一〇期）

不再寂寞

——為杜潘芳格詩人前輩仙逝而作

有一天
一通電話
問我會不會講日語
我說不是很溜

然後講了一個鐘頭
用很溜的日語講過來
講臺灣
講日本
講生活
只講一點點詩

講了十分鐘
很高興的
講了二十分鐘
很高興的
講了三十分鐘
很高興的

講了四十分鐘
感受到了
妳似乎很久沒有講自己的語言了

講了五十分鐘
感受到了
淡淡的寂寞的氣氛

講了一小時

感受到了
濃濃的寂寞的氣氛

今天
聽說妳要遠行了
有一些哀傷
也有一些欣慰

今天
聽說妳和杜醫師有約

二〇一六年三月二十一日　作
二〇一六年四月（《笠詩刊》三一二期）

說要去看你

——為王灝詩人畫家仙逝而作

「詩脈」正熱的時候
你是最寡言的
而你的「詩」「文」是最豪情的

「詩脈」冷卻下來
你的「詩」「文」也冷卻下來
而你的「畫」卻是很熱
你的「畫」讓埔里很熱

後來
偶而去埔里看你
偶而去草屯看你

大夥
就是喜歡看你
喜歡看你寡言的樣子
喜歡感受你內心熱熱的樣子

好幾年了
只聽說你很難來草屯了
只聽說你很難離開埔里了
只聽說你很難離開「不雅居」了

前幾天和岩上說
去埔里看看你

今天岩上說
已經不必去看了

心裡湧上一陣陣的哀傷
只能寫一首詩
「說要去看你」

二〇一六年三月十二日　作

二〇一六年六月（《台灣現代詩》四十六期）

踢．橄欖球

——為北醫病理科黃德修教授仙逝而作

我踢．橄欖球
每一踢
都是一種勇氣
每一踢
都是一種意志力

我踢．橄欖球
每一踢
都是滿滿的爆發力

那是一定的
每一踢　都要達陣

我踢・橄欖球
踢進了建國中學
踢進了台灣大學

我踢・橄欖球
踢進了台大病理科

從此
不再回頭

我的戰鬥力
在台北醫學大學
我的爆發力
在中山醫學大學
我的意志力
在慈濟大學

那是一定的
超過五十年了
每一踢　都要達陣

而
有關橄欖球的獸醫
有關橄欖球的病理
那是不值一提的

現在你們總算明白了
在台北醫學大學　從病理科
我的戰鬥力
每天都在噴發

這些年
一個小小的癌細胞一直糾纏

讓我極度虛弱
那也是不值一提的

這一次
我只是要讓你們非常明白
我是很強硬的

此刻
我正緊緊的抱著一個橄欖球衝刺
以雷霆萬鈞的戰力

達陣

二〇一六年六月二十二日　作

二〇一六年十月（《笠詩刊》三一五期）

不可能是終點吧

——為許玉蘭師母仙逝而作

每次見面
就像見到
日本最傳統的淑女
也像見到
台灣最傳統的淑女

每次電話中
聽到
親切又溫柔的聲音
就像聽到
自己家中長輩的聲音

每次邀請參加詩會
都可以感受到
很高興又愉悅的心情
全程

每次每次
聽到
又去日本又去美國
回來了
都會感覺　真好
又健康又快樂的老年

可是這一次　聽說
只是吃一片餅乾

絕對

不可能是終點吧

二〇一九年三月十四日 作

二〇一九年六月（《台灣現代詩》五十八期）

好久不見

——給龔顯榮兄

幾年沒見面
見了面
會說
好久不見

幾個月沒見面
見了面
會說
好久不見

有時候
幾天沒見面

也會說
好久不見

而我們
已經幾年沒見面了
正在想
見面時一定要好好捕捉
上次見面的景象
那個真性情的臉
那個從不掩飾的聲音

我們
真的是好久不見了

可是他們說
不能再見了

不會吧？
不會吧！

二〇一九年十月（《笠詩刊》三三三期）

不是句點

將近四十七年前
在台中市西屯路
你來我們家打卡
快快樂樂的

然後在健行國小
打了一個逗點
快快樂樂的

後來到衛道中學
打了一個逗點
快快樂樂的

後來到加拿大
從多倫多大學走出來
打了一個逗點
快快樂樂的

然後回到台灣台中
在中山醫學大學
打了一個逗點
快快樂樂的

剛打完一個長長的逗點
意外的說要到日本
結果在關西醫科大學
打了一個逗點
快快樂樂的

然後又回到台灣
堅定的在高雄醫學大學
打了一個逗點
快快樂樂的

正要到花蓮慈濟醫院
打卡
卻在台中打了一個重重的逗點

這個逗點是躺著的
很痛苦的
很重很重的逗點

你對我們說
很對不起
恐怕要在這裡

打一個句點了

我說不會的
我們家不會有句點的

不是嗎
在這裡直到很遠很遠
看到的
只有逗點
沒有句點

二〇二〇年九月（《台灣現代詩》六十三期）

真正的歷史

——為趙天儀教授仙逝而作

台中一中畢業
不選擇醫學院
選擇文學

台大哲學系事件
成為真正的受害者

國立編譯館
沉默的歲月

靜宜大學文學院
找回消失很久的快樂時光

可是
這些都不能算是歷史
《笠詩刊》創立
歷經五十六年
屹立不搖

「台灣現代詩人協會」創立
歷經十六年
不斷茁壯

詩的創作
川流不息

詩的徒子徒孫
後浪推前浪

這才是
真正的歷史

二〇二〇年五月十八日　作
二〇二〇年八月（《笠詩刊》三三八期）
二〇二〇年九月（《台灣現代詩》六十三期）

沒有另一面

——為岩上兄仙逝而作

你來我家
四十四年前
第一次見面

沒有什麼伴手
只帶一整袋的
詩

後來
我去草屯
每一次每一次
我也只帶一整袋的

詩
沒有什麼伴手
後來
你來台中
每一次每一次
你還是只帶一整袋的
詩
還是沒有什麼伴手
現在我知道了
你的行囊
就這麼簡單

你
沒有另一面

二〇二〇年八月三日　作
二〇二〇年十月（《笠詩刊》三三九期）
二〇二〇年十二月（《台灣現代詩》六十四期）

輯六。

詩與譯詩

松

即使
只剩一株松
我的歲月　猶長遠

穿透整個寒冬
一如我走過的路　風雨凜冽
我的歲月　在斑白的髮間遊走
猶似你蜷曲的身軀而卻
挺直的枝節

我一向驕傲
不是因為我仍活著
而是黑夜與冷淩　終其一生

仍不能說服我的
堅持

一九九五年（《笠詩刊》一九〇期）

Pine

陶忘機・黃瑛子　合譯

Even if
I were the only pine tree left
My years would still stretch out before me

All through the cold winter
Like my path filled with a piercing cold
My years passing away in grizzled hair
Just like your bent body and your
Straight branches and nodes

I have long been filled with pride

Not because I am still alive

But because the night and cold

Can never deprive me of my persistence

In the end

二〇一〇年（《笠詩刊》二七五期）

面具

睡覺前
終於可以脫下戴了一天的面具

不知何時開始戴面具
但戴了面具
朋友更多了
工作更順暢了
生活更舒適了

戴面具會感到一種享受
雖然出現一些軌道偏離的問題
雖然聞到一些臭味的問題

有時也踩到朋友的足
有時也和鄰居推擠
但戴面具真是一種享受

戴面具實在太快樂了
我現在可以進出各種場合
我可以大聲喧囂

然而
戴面具也不是真的不會不安的
我最大的不安就是
越來越不知道
究竟我是誰

好幾十次一覺醒來
我發誓

不再戴這個面具

而夢中醒來　驚問

那個脫下面具的我

究竟又是誰

一九九八年（《笠詩刊》二〇四期）

The Mask

賴彥長　譯

Prior to bed
Mask can be off from the face at last

Time has lost count of when it all begins
But with the mask as one
Friends have increased in number
Jobs are easier without adversity
Life is more at ease without discomfort

Wearing a mask can bring a sense of enjoyment
Although issues of moral derails may appear

Although smells may cause odor factors

Sometimes stepping on to friends' feet may require
Sometimes pushing of neighbors may be necessary
Wearing a mask is nevertheless a tremendous pleasure

Joy of wearing a mask is indescribable
I can be in and out in any places
Even shout or scream with sound proof

Problem remains
It is not that insecurity will not emerge at all by wearing a mask
The most confrontation to the insecurity becomes
The less awareness to my true personality

For countless times after waking up

I swear

Not to wear this mask again

While waking up from the dream

In shock to ask myself

Who is the real identity

After taking off this weary mask

牽手

即使經過了幾十年
自從那天
我就只喜歡　牽這個手

是的　這個手
變得粗糙了
越來越多黑斑了
漸漸不靈活了
我就只喜歡　牽這個手

是的　牽這個手
似乎有什麼理由
似乎也沒有什麼理由

似乎有什麼約定
似乎也沒有什麼約定
我就只喜歡　牽這個手
即使經過了幾十年

二〇〇八年十二月（《台灣現代詩》十六期）

Holding hand

賴彥長　譯

Even when time has passed after several decades
From that day on
I would only like to　Hold on to this hand

Yes　This hand
Has become rough with wrinkles
There are more and more freckles
They are less and less flexible
I would only like to　Hold on to this hand

Yes　Hold on to this hand

It seems there must be a logical reason to grasp

But the truth is there is no logic at all

It seems there is commitment to hold

But the truth is there is no commitment at all

I would merely love to　hold on to this hand

Even when time has passed after several decades

圍觀者

我現在的身份是圍觀者
圍觀者就是
不能告訴你我的立場

圍觀者就是只能圍在周圍

即使我打從心底尊敬你
即使我深信你所投入的與所付出的
但我只能站在周圍

（真的很抱歉）

我也知道正義在哪裡

我也知道邪惡在哪裡
而這是講人氣的社會
註定只能有一個人頭破血流

圍觀者永遠是多數的　先生
何不你也來當圍觀者

一九九八年（《笠詩刊》二〇七期）

Spectator

賴彥長　譯

My identity now is a spectator
For being one
I cannot speak of what I stand for

A spectator only stands at side

Even the respect from the bottom of my heart
Or the belief of your dedication and contribution
I can remain as an outsider

(I am really sorry)

I know where the justice stands

I know where the evil resides

The society remains as a stage for popularity

Only one person is destined to bleed to death

Spectator will forever be majority So sir

Why not join and become one of us

最大的幸福

——為日本關西醫科大學森井外吉教授受賞而作

曾經因為考上醫學院
感到是最大的幸福

曾經因為考取醫師執照
感到是最大的幸福

曾經因為娶了美嬌娘
感到是最大的幸福

曾經因為升上了教授
感到是最大的幸福

曾經因為獲頒瑞寶賞
感到是最大的幸福

很多很多的　最大的幸福
身受了　　現在
更深深體會
每一次每一次　我們的相聚
才真正感到
是我最大的幸福

二〇〇六年（《台灣現代詩》五期）

最高の幸せ

陳千武　譯

曽て　医学院に入学できて
最高の幸せを感じました
曽て医師の師の免状を得た時
最高の幸せを感じました
曽て　美しい娘を妻に娶って
最高の幸せを感じました
曽て　教授に昇格した時も
最高の幸せを感じました

いま　瑞宝章のお祝いに参加して
最高の幸せを感じました

たくさんの　最高の幸せを
身に受けて　今
更に深く感ずるのは
毎度毎度皆さんとの集いが
まことに
最高の幸せであるということです

註：森井外吉教授受賞祝賀会に参列して

醫生誓言

穿上白衣
我已然潔白如雪

每分鐘我有六十秒
不必找零

不管你是走路來的
騎機車來的
乘計程車來的
請坐下
喝一杯濃茶

假如你沒有兒子

我就是你的兒子
假如你沒有父親
我就是你的父親

即使我的錯誤就是
挽回你的生命
而這正是
我的誓言

一九七八年（《詩脉》五期）

의사의 서약

金尚浩 譯

눈처럼 새하얗게
흰 까운을 입은 난

1분 60초동안
○을 찾을 필요가 없다

당신이 걸어왔건
오토바이를 타고 왔건
택시를 타고 왔건 간에
앉아서
진한 차나 한 잔 드시라

만약 당신에게 아들이 없다면
내가 바로 당신의 아들이고
만약 당신에게 아버지가 없다면
내가 바로 당신의 아버지다

만약 내 의술로
당신의 생명을 되찾아만 준다면
이게 바로
나의 서약이다

關西醫科大學

三十八年前
第一次認識您
在大阪滝井
關西醫科大學
就像住在城市的　鄉下的親戚
一個很普通的老伯的臉
卻是一個充滿智慧的臉

三十八年來
無數次的夜晚
我風塵僕僕的來這裡做夢

越來越喜歡您了
關西醫科大學
不只喜歡
我還帶兒子來

越來越喜歡您了
不是因為這裡的一切
太像小時候的台中

因為這裡
住著森井教授
以及他的學生螺良教授
以及更多更多的
他的學生

現在

關西醫科大學
換穿了一套新的西裝
在枚方
在淀川旁
即使這樣
我還是非常喜歡您
因為您實在太像了
現在的完全成熟的　台中

關西醫科大學
我真的很喜歡您

啊　母親的臉

關西医科大学

侯書文　訳

三十八年前でした
大阪滝井の
關西医科大学
始めてあなたを見ました
あたかも町に住む田舎びと
それは素朴なおじいの顔
だが智慧に満ちた顔

爾来三十八年
数え切れぬ夜な夜な
私は気ままに此処で夢めを沽ひました

益々あなたが好きになりました
關西医科大学
好きばかりで無く
息子をも来させました

益々あなたが好きになりました
それは此処の全てが
幼き頃の台中に似ている外に

此処には森井教授その
お弟子様の螺良教授
更に多くの学生達が
お住みだからです

今

關西医科大学あなたは
あつらへました背広を着ています
枚方で
淀川のほとりで
それでも
私はやはりとっても
あなたが好きです

それはあなたは
繁栄しました台中に
よく似ているからです
關西医科大学
私は本当にあなたが好きです
ああ　母上様のお顔

二〇一七年九月（《台灣現代詩》五十一期）

讀詩人148　PG2694

顯微鏡下

——賴欣詩集

作　　者　賴　欣
責任編輯　鄭伊庭
圖文排版　黃莉珊
封面設計　王嵩賀

出版策劃　釀出版
製作發行　秀威資訊科技股份有限公司
114 台北市內湖區瑞光路76巷65號1樓
電話：+886-2-2796-3638　傳真：+886-2-2796-1377
服務信箱：service@showwe.com.tw
http://www.showwe.com.tw
郵政劃撥　19563868　戶名：秀威資訊科技股份有限公司
展售門市　國家書店【松江門市】
104 台北市中山區松江路209號1樓
電話：+886-2-2518-0207　傳真：+886-2-2518-0778
網路訂購　秀威網路書店：https://store.showwe.tw
國家網路書店：https://www.govbooks.com.tw
法律顧問　毛國樑　律師
總 經 銷　聯合發行股份有限公司
231新北市新店區寶橋路235巷6弄6號4F
電話：+886-2-2917-8022　傳真：+886-2-2915-6275

出版日期　2021年12月　BOD一版
定　　價　380元

讀者回函卡

Printed in Taiwan

國家圖書館出版品預行編目

顯微鏡下：賴欣詩集 / 賴欣著. -- 一版. -- 臺
北市：釀出版, 2021.12
面； 公分. -- (讀詩人)
BOD版
ISBN 978-986-445-572-0(平裝)

863.51 110019363